郴江百詠

郴江百詠箋校

（宋）阮閲 撰
陳九韶 撰

國家圖書館出版社

編輯説明

郴之爲州，在嶺之上，古代路遠地僻，爲蠻荒之地。雖美，却爲流放之所，故古來文人筆下，郴之形象少有美譽，而多寒磣。

然而，至宋徽宗宣和五年（一一二三），有安徽舒城人阮閱莅郴，郴之形象美矣！阮閱，生卒年不詳，原名美成，字閎休，自號散翁，又號松菊道人。宋神宗元豐八年（一〇八五）進士。建炎初，知袁州。宣和五年，阮閱由朝散大夫知郴州，爲官三載，登山涉水，出入名勝，感慨良多，時有吟詠，集之百首，盛贊『郴在荆楚，自是一佳郡也』。於是乎，《郴江百詠》一書成矣。阮氏雖無李杜之文壇聲望，却也在宋代衆多詩詞名家中占有一席之地，因擅長絶句，時有『阮絶句』之稱。其《郴江百詠》傳之後世，是爲至寶。清時，該書被收入《四庫全書》。然皇家巨著，民間無緣得見，後世知之甚少。

民國二十一年（一九三二），有郴人陳九韶因機緣巧合，偶然發現《郴江百詠》一書，如獲至寶。後根據《四庫全書總目》，撰寫《郴江百詠箋校》，對其中涉郴景點及事由作了校正和注釋。原著號稱『百詠』，其實僅存九十四首。陳九韶據郴州史志所載，增補《便縣》和《高亭》二首，鉛印出版，書名爲《郴江百詠箋校》，方便了讀者對阮詩内容之理解。陳九韶（一八七五—一九六八），字先瀛，號雯裳。光緒二十四年（一八九八），歲試一等補廪。後肄業於北京國立財政學堂，又轉國立法政大學政治經濟科畢業。辛亥革命後，加入同盟會，曾任國民黨郴縣分部長，後改任中國國民黨總部文書科幹事。民國二年，當選爲國會衆議院議員，旋因斥責袁世凱被取消資格，即南下廣州，被孫中山委任爲總統府參議。民國八年十一月因制憲無望離粵歸鄉。民國十一年恢復衆議院議員資格，隨即赴京續任。不久，回郴寓居。

一九五三年十一月任湖南省文史館館員。一九六八年病逝於長沙。

阮閲譽郴，乃心有所屬，發爲心聲，賢士也；陳九韶釋郴，亦心愛家邦，爲瑰寶增光，義士也。郴人當銘記不忘。書傳後世，名傳千秋。

《郴江百詠》，爲郴專屬，寫郴、敘郴、譽郴、美郴，郴州文壇之珍本瑰寶也。今《郴州通典·典籍文獻》面世，然皇皇巨著價格昂貴，一般讀者難有機緣得享，編輯部引爲憾事。經多次商榷，國家圖書館出版社特將清乾隆嘉慶間趙氏星鳳閣鈔《唐宋元三朝名賢小集》本所載之《郴江百詠》與民國二十一年鉛印之《郴江百詠箋校》一并影印出版，單獨推出綫裝本，以饗讀者。

《郴州通典》編輯部

二〇二三年十二月

《郴江百詠》篇目

《湘江百詠》篇目

【篇目】

東樓　[illegible]之亭

上仙園　遺芳園

[illegible]春亭　南臺

山[illegible]堂　西樓

[illegible]春亭　真仙亭

[illegible]　碧虛亭

清暉堂　北湖亭

[illegible]亭　綠[illegible]堂

三賢堂　[illegible]亭

射圃亭　北園

[illegible]松[illegible]　[illegible]泉

燕堂　[illegible]泉

竹軒　[illegible]泉

白蓮亭　寒泉

南樓　[illegible]江

[illegible]園　靈壽木

蘇仙觀　茶山寺

成仙觀　會勝寺

[illegible]六觀　[illegible]山寺

[illegible]星觀　崇[illegible]寺

[illegible]泉　乾明寺

篇目

飛仙橋

棲鳳驛

廬峰驛

蔡倫宅

西湖

篇目

輝松臺　東山
燕堂　五蓋山
竹軒　黃相山
白蓮亭　百丈山
南樓　孤山
東園　雕玉山
蘇仙觀　桄榔山
成仙觀　馬嶺
露仙觀　話石
騾穴觀　白鹿巖
景星觀　坦山巖

兜率巖　愈泉
王履巖　圓泉
郴江口　溫泉
靈湫　香泉
中洲　醽醁泉
怨溪　蒙泉
崇德河　劍泉
千秋水　貪泉
潮井　寒泉
浪井　郴江
橘井　靈壽木

目錄

篇目

篇目

圖書在版編目(CIP)數據

郴江百詠 / （宋）阮閲撰. 郴江百詠箋校 / 陳九韶撰. —北京：國家圖書館出版社, 2023.12

ISBN 978-7-5013-7925-5

Ⅰ. ①郴… ②郴… Ⅱ. ①阮… ②陳… Ⅲ. ①宋詩—詩歌欣賞 Ⅳ. ①I207.227.44

中國國家版本館CIP數據核字（2023）第246696號

書　　目　郴江百詠　郴江百詠箋校（一函二册）
著　　者　（宋）阮　閲　撰　陳九韶　撰
項目統籌　殷夢霞
責任編輯　張愛芳　張慧霞

出版發行　國家圖書館出版社（北京市西城區文津街7號　100034）
（原書目文獻出版社　北京圖書館出版社）
010-66114536　63802249　nlcpress@nlc.cn（郵購）
網　　址　http://www.nlcpress.com
印　　裝　杭州富陽正大彩印有限公司
版次印次　2023年12月第1版　2023年12月第1次印刷

開　　本　249×151　1/16
印　　張　6.75
書　　號　ISBN 978-7-5013-7925-5
定　　價　260.00圓